5 mai 1903

AF470181

VENTE

DES

**Mardi 5, Mercredi 6, Jeudi 7
et Vendredi 8 Mai 1903**

HOTEL DROUOT, SALLE N° 1

A 2 HEURES PRÉCISES

Collection de Feu M. Léon ROUX

ARCHITECTE DE LA VILLE DE PARIS

TABLEAUX

ANCIENS ET MODERNES

BRONZES D'ART ET D'AMEUBLEMENT

BIJOUX AVEC BRILLANTS, OBJETS DE VITRINE, PORCELAINES

FAÏENCES, MEUBLES

EXEMPLAIRE

Mes MAURICE DELESTRE et PAUL CHEVALLIER

COMMISSAIRES-PRISEURS

M. LÉONCE COBLENTZ

EXPERT

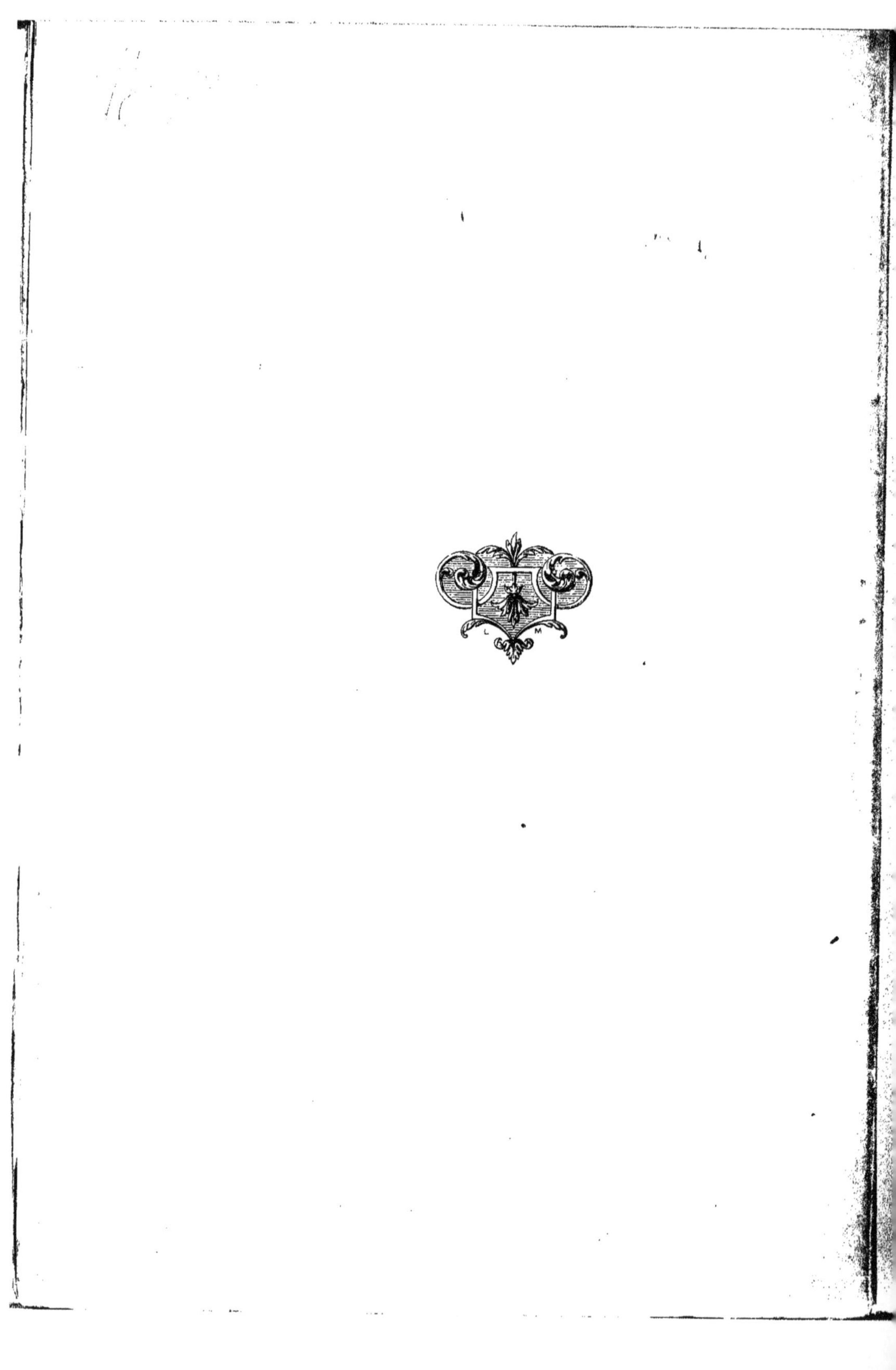

CATALOGUE

DE

TABLEAUX

ANCIENS ET MODERNES

ŒUVRES DE :

J.-L. DAVID, DROLLING FILS, HUBERT ROBERT, Mlle M. GÉRARD

PORCELAINES ET FAÏENCES

SÈVRES, MENNECY, SAINT-CLOUD, ROUEN, MARSEILLE, ETC.

FLEURS EN ANCIENNE PORCELAINE DE SAXE

PENDULES, CARTELS, BRONZES

DU TEMPS DE LOUIS XV, LOUIS XVI ET EMPIRE

ÉVENTAILS, IVOIRES, OBJETS DE VITRINE, ARGENTERIE

BIJOUX ORNÉS DE BRILLANTS

ARMES ET ÉQUIPEMENTS DE LA RÉVOLUTION ET DE L'EMPIRE

TRÈS BEAU MEUBLE D'ENTRE-DEUX

EN BOIS DE CITRONNIER ORNÉ DE BRONZES DORÉS DU TEMPS DE L'EMPIRE

CADRES ET BORDURES EN BOIS DORÉ

Le tout dépendant de la succession de M. Léon ROUX

ARCHITECTE DE LA VILLE DE PARIS

ET DONT LA VENTE AURA LIEU A PARIS

HOTEL DROUOT, SALLE N° 1

Les Mardi 5, Mercredi 6, Jeudi 7 et Vendredi 8 Mai 1903

A 2 HEURES PRÉCISES

A la requête de M. DUEZ, administrateur judiciaire

Par le ministère de :

Me Maurice DELESTRE	Me Paul CHEVALLIER
COMMISSAIRE-PRISEUR	COMMISSAIRE-PRISEUR
5, rue St-Georges	10, rue de la Grange-Batelière

Assistés de :

M. Léonce COBLENTZ, Expert aux ANDELYS (Eure)

et 97, rue de Rennes, à Paris

EXPOSITION PUBLIQUE

Le Lundi 4 Mai, de 1 heure 1/2 à 5 heures 1/2

CONDITIONS DE LA VENTE

Elle sera faite au comptant.

Les acquéreurs paieront *dix pour cent* en sus du prix d'adjudication.

L'Expert se réserve de rassembler ou de diviser les numéros du catalogue.

L'exposition mettant le public à même de se rendre compte de l'état des objets, aucune réclamation ne sera admise une fois l'adjudication prononcée.

DÉSIGNATION

TABLEAUX

ANSIAUX

1. — *Portrait de dame* coiffée d'un bonnet blanc en dentelle et vêtue d'une robe grise, les épaules sont couvertes d'un voile blanc.

> Signé à droite et daté 1790.
>
> Toile de forme ovale.

VAN BALEN

2. — *Le Jugement de Pâris.*

> Cadre en bois doré.
>
> Cuivre.

BARBIER (A.)

3. —- *Cascades de Saint-Cloud.*

Avec de nombreux groupes de promeneurs en costumes Louis XV.

Signé du monogramme AB et daté 1833.

Toile.

BILOTIA

4. — *Vue de la Pieta Grotta*, à Naples.

Toile.

BLIGNY (A.)

5. — *Revue des troupes* passée par le maréchal de Mac-Mahon, suivi de son État-major.

Signé.

Toile.

BONINGTON (R.-P.) (Attribué à)

6. — *Parade de Saltimbanques*, dans une fête de village, en Normandie.

Bois.

BRUANDET

7. — *L'Hermite.*

Assis au pied de grands arbres, il reçoit la visite d'une villageoise lui amenant sa fille.

Toile.

CHARPENTIER (Attribué à)

8. — *La Tentation.*

> Assis sur un canapé, un jeune homme veut séduire
> une soubrette, il tient une bourse à la main.
>
> Toile.

COUDER (J.)

9. — *Portrait de l'architecte Hector Moreau,* en buste, assis sur une chaise.

> Signé et daté 1824.
> Cadre ancien bois doré.
>
> Toile.

CRÉPIN (L.-P.)

10. — *Paysage avec cours d'eau, grands arbres et rochers.*

> Bois.

11. — *Cours d'eau passant sous un vieux pont.*

> Bois.

DAVID (J.-L.)

12. — *Portrait de Michel-Martin Drolling.*

En buste, de trois quarts à droite, il est vêtu d'un
vêtement marron à collet vert laissant apercevoir un
foulard de couleur à rayures.

.Michel-Martin Drolling était l'élève de David.)

Très bon portrait. Haut. : 0^m,59. Larg. : 0^m,52.

Toile, de forme ovale.

Phototypie Berthaud, Paris

DE MACHY (P.-A.)

13. — *Bâtiments de Paris en démolition.*

Bois.

DESCHAMPS (Louis)

14. — *Étude de figure d'homme,* tenant un chapeau à la main.

Bois.

15. — *Étude de fillette.*

Signée.

Bois.

DESTOUCHE (P.-E.)

16. — *La lettre d'abandon.*

17. — *Le blessé.*

18. — *Le convalescent.*

19. — *L'oiseau envolé.*

20. — *L'espiègle.*

21. — *Le petit chien.*

Inspiré de Fragonard.

22. — *La tireuse de cartes.*

Genre de Greuze.

23. — *Portraits de M. et M*^{me} *D.*

24. — *Le Départ du conscrit.*

25. — *L'Escalade.*

La Surprise.

Deux panneaux en hauteur, inspirés de Fragonard, faisant pendant.

26. — *L'amoureux à l'assaut.*

27. — *Jeune fille coiffée d'une cornette.*

Inspiré de Greuze.

28. — *La Résurrection de Lazare.*

Étude pour le tableau qui se trouve dans la cathédrale de Vannes.

29. — *Le Départ pour la ville*

30. — *La Poissarde.*

31. — *La Rencontre.*

Panneau en hauteur.

32. — *Le théâtre dans le parc.*

33. — *Les joies de la famille.*

34. — *Intérieur de cour à la campagne.*

35. — *Le pigeon messager.*

Grisaille.

36. — *Chérubin.*

Grisaille.

37. — *Les deux rivaux.*

38. — *Le blessé.*
> Étude pour son grand tableau.

39. — *Léda et le cygne.*

40. — *Léda et le cygne.*

41. — *Étude de paysage, avec statue.*

42. — *Chérubin.*

43. — *Le mari jaloux.*

44. — *Le joueur de mandoline.*

45. — *Le mari jaloux.*

46. — *Les amoureux.*

47. — *La leçon de musique.*
> Inspiré de Fragonard.

48. — *Portrait de Mme D.*

49. —Sous ce n° un grand nombre d'études, tableaux, aquarelles, dessins.

DROLLING (Martin)

50. — *Portrait de l'artiste.*
> Provient de la vente de Drolling.

Toile.

DROLLING (M.-M.)

51. — *Portrait de l'artiste.*

En buste, de trois quarts à gauche, nu-tête, il est
vêtu d'un vêtement marron à collet vert recouvert en
partie par le col de la chemise.

Charmant portrait signé à droite : Drolling fils, et daté
1804 (il avait alors 18 ans et travaillait dans l'atelier de
J.-L. David).

Haut. : 0^m,50. — Larg. : 0^m,40.

Toile.

Photographie Berthaud, Paris

DROLLING (M.-M.) (Attribué à)

52. — *Portrait de Mme Gavaudan* dans le rôle du Petit Chaperon rouge.

Toile.

DUMONT

53. — *Portrait de jeune femme.*

Vue en buste, de face, la chevelure blonde ornée de rubans roses et d'une couronne de roses, elle est vêtue d'un corsage à rayures rouges et noires, les épaules recouvertes d'un fichu blanc.

Signé á droite, et daté 1792.
Cadre ancien en bois doré.

Toile, de forme ovale.

DUPLAN (Paul)

54. — *Reconnaissance aux environs de Mars-la-Tour.*

Signé à droite.

Bois.

DUPLESSIS-BERTAUX

(DEUX PENDANTS)

55. — *Scènes militaires.*

Cadres anciens en bois doré.

Bois.

56. — *Un cavalier, dans la campagne,* semble demander des renseignements à un groupe de paysans.

Bois.

FRANÇAIS (Attribué à)

57. — *Allée sous bois.*

Signé à gauche.

Toile.

FRANQLIN

58. — *La femme de chambre coquette.*

Toile.

GÉRARD (Mlle MARGUERITE)

GÉRARD (Mademoiselle Mlle)

59. — *Portrait de l'architecte Ledoux.*

Debout, vu de face, le bras droit appuyé sur un plan déplié, il est vêtu d'un habit gris à rayures ouvert sur un gilet jaune brodé.

Charmant petit tableau, d'une très belle qualité. — Haut. : 0ᵐ,21. Larg. : 0ᵐ,16.
Signé à gauche.

Bois.

GIRODET-TRIOSON

260

60. — *Enlèvement d'Hélène.*

Signé à gauche.

Toile.

GOBERT

200

61. — *Vue du Pont-Royal et des Tuileries.*

Signé et daté 1831.

Toile.

GORP (VAN)

210

62. — *Portrait de jeune femme,* vue en buste, vêtue d'une robe de satin blanc, largement décolletée et garnie de fourrure autour de la poitrine. Fond de paysage.

Signé à gauche.

Bois.

310

63. — *Portrait de jeune femme,* vue à mi-corps et de face. Vêtue d'une robe blanche, les épaules couvertes d'une écharpe rouge, elle se détache sur un fond de draperie verte relevée sur un paysage.

Signé à gauche.

Bois.

GREUZE (Attribué à J.-B.)

64. — *Geneviève de Brabant.*

Elle est entièrement nue, assise sur un banc, tenant son fils pressé contre elle ; un jeune faon est à ses côtés.

Bois de forme ovale.

600

GROS (Baron)

65. — *Portrait d'un maréchal de l'Empire.*

Debout, en grand costume de cour et culottes blanches.

Toile.

120

HACKERT (C.)

66. — *Effet de nuit.*

Auprès d'une mare, éclairées par la lune se levant à l'horizon, s'étendent les maisons du village, dominées par une tour qui sert de colombier. Un paysan fait rentrer ses moutons dans l'étable, une barque ramène les villageois attardés.

Bois.

110

HARPIGNIES

67. — *Étude d'arbres*, près d'une vanne.

Signé et daté 1875.

Bois.

920

68. — *Coin de montagne* près de la Méditerranée.

Bois.

ISABEY (Attribué à E.)

69. — *Intérieur d'église,* à droite, le monogramme E.

Bois.

JARDIN (KAREL DU)

70. — *Le Charlatan.*

Monté sur une estrade adossée contre une mai-son, il débite ses drogues à des villageois qui l'écou-tent avec attention.

Importante composition.

Toile.

71. — *Dans un village,* une femme avec ses deux enfants est assise auprès de sa demeure.

Bois.

LANTARA (S.-M.)

72. — *Paysage.*

Le sol... couchant inonde de sa chaude lumière un village baigné par les eaux.

Toile.

73. — *Paysage.*

De grands arbres auprès d'un cours d'eau; dans le lointain, des collines boisées.

Bois.

LATOUR (Madame M.-E. de)

74. — *Le peintre et son modèle.*

Bois.

LECŒUR

75. — *Les Baigneuses.*

Bois.

LEMOINE (Fr.)

76. — *Vulcain présente à Vénus les armes qu'il vient de forger pour Enée.*

Belle composition de forme ronde.

Bois.

PALIZZI

77. — *Paysage.*

Sous de grands arbres, auprès d'une ferme, les chèvres broutent au bord d'un sentier.

Signé.

Bois.

78. — *La gardeuse de moutons.*

Toile.

RASCALON (J.)

79. — *Temple antique dans une île.*

ROBERT (HUBERT)

80. — *Parc avec terrasse, grand escalier et statues.*

A droite, un petit temple à colonnes, en forme de rotonde. Au premier plan, un aveugle, guidé par un chien, demande l'aumône à un perroquet.

Au-dessous d'un bas-relief représentant Léda, on lit la signature : H. Robert, l'an III.

Charmante composition, de la meilleure qualité du Maître. Haut. : 0^m.30. Larg. : 0^m.25.

Toile.

Dans la vente du cabinet Jean Dubois 17 mars 1901, on remarquait le même sujet, traité en aquarelle par Hubert Robert, mais d'une façon différente. On y lisait gravée sur des pierres, en langue italienne, l'inscription suivante, qui explique la scène que représente notre tableau : « Celui qui demande une faveur à un courtisan est comme l'aveugle qui demande l'aumône au perroquet. »

ROBERT (H.) (Genre de)

81. — *Temple avec fronton* et motifs d'architecture en ruines, dans un paysage animé de personnages.

Toile.

ROUGET (G.)

82. — *Portrait du peintre J.-L. David.*

Il est assis, tenant un crayon à la main, vêtu d'un habit bleu orné des insignes d'officier de la Légion d'honneur, gilet et cravate blancs.

A été gravée par Bourgeois.

Toile.

ROUSSEAU (Ph.)

83. — *Coin de hangar.*

Signature avec dédicace.
Provient de la vente Salmon.

Toile.

TASSAERT (O.)

84. — *Les femmes folles par amour.*

Toile.

TAUNAY (N.-A.)

85. — *Le Tambourin.*

Un jeune garçon, jouant du fifre et du tambourin, fait danser son chien devant des personnages attablés auprès d'une auberge.

Bois.

86. — *Paysage avec cours d'eau.*

Des personnages vêtus à l'antique puisent de l'eau ; au loin, des bestiaux viennent de s'abreuver.

Toile.

TIEPOLO (J.-B.)

87. — *La clémence de Scipion.*

Cadre ancien en bois doré.

Toile.

TROUILLEBERT

88. — *Paysage avec cours d'eau.*

Signé.

Bois.

VALLIN

89. — *La Résistance.*

Un jeune homme, vêtu à l'antique d'une tunique rouge, est empressé auprès d'une jeune fille assise sur un tertre, sous de grands arbres ; au loin, la campagne.

Cadre ancien en bois doré.

Toile.

VITELLI

90. — *Ruines d'un temple, sur de hautes montagnes, en Italie.*

Toile.

WILLE (J.-G.)

91. — *Jeune villageoise.*

En buste, cornette et fichu blancs, corsage rouge.

Bois de forme ovale.

WITT (DE)

92. — *Étude pour panneau décoratif.*

Toile.

ÉCOLE FLAMANDE (XVIᵉ SIÈCLE)

93. — *Glorification de la Vierge.*

Debout, les pieds sur un croissant et les mains
jointes, elle est entourée d'anges, dont les uns jouent
des instruments de musique et d'autres placent une
couronne au-dessus de sa tête. Au bas du tableau,
on voit un paysage avec maison et cours d'eau.
animé de personnages.

Curieux tableau sur bois parqueté.

ÉCOLE FLAMANDE (XVIIIᵉ SIÈCLE)

94. — *Portrait de fillette, vue en buste, et chantant.*

Cuivre.

ÉCOLE FRANÇAISE (XVIIᵉ SIÈCLE)

95. — *Portrait d'homme.*

En buste, vêtu de noir avec col de dentelle. il
passe la main dans sa chemise entr'ouverte.

Toile de forme ovale.

ÉCOLE FRANÇAISE

(XVIIIᵉ SIÈCLE)

96. — *Vue de parc* avec pièce d'eau et statues, animé de personnages.

Toile.

97. — *Chaumière au bord d'un étang,* au loin des maisons sous de grands arbres.

Bois.

98. — *La porte Saint-Martin, vue en 1795.*

Bois.

99. — *Vaste bâtiment, servant d'écurie.*

Esquisse sur papier.

100. — *Portrait d'un haut dignitaire du temps de l'Empire.*

Bois.

101. — *Portrait de femme, du temps de l'Empire.*

Toile.

102. — *Portrait de H. Fragonard.*

Toile.

103. — *Scène d'intérieur : la Toilette.*

Bois.

ÉCOLE ITALIENNE
(XVIIe SIÈCLE)

104. — *La Vierge, tenant l'enfant Jésus dans ses bras.*   185

Cadre ancien en bois doré.

Toile.

105. — *Quatre panneaux décoratifs,* bustes de femme et fleurs.   430

Toile.

106. — *Deux panneaux,* sujets allégoriques à personnages.   165

Toile.

ÉCOLE ITALIENNE MODERNE

107. — *Vieux mendiant en prière dans une église.*

108. — Sous ce numéro, environ *cent cinquante tableaux,* toiles ou panneaux de différentes écoles, par ou attribués à : Davesne, Baptiste, Garnerey, van Huysum, Calame, L. Robert, Raffet, Beaume, Tassaert Benouville, Bonvin, Couture, Jollivet, Pils, Charpin, Courbet, Vincelet, etc., etc.

CADRES

109. — Cadre en bois sculpté et doré du temps Louis XIV, avec coins et ornements de milieu.   330

Ouverture. Haut. : 1^m,11. Larg. : 0^m,90.

110. — Trois cadres en bois sculpté et doré, pour dessus
de porte à ornements courants d'oves, perles,
et feuilles d'eau. Époque de Louis XVI.

Ouverture. Haut. : 0^m,73. Larg. : 1^m,44.

111. — Cadre en acajou avec filets de cuivre et incrus-
tations.

Ouverture. Haut. : 0^m,98. Larg. : 0^m,59.

112. — Lot important de cadres à tableaux et à dessins
en bois sculpté et doré de différentes époques.

Sera divisé.

PORCELAINES

(SÈVRES, PARIS, FLEURS DE SAXE)

113. — *Tasse,* son couvercle et son présentoir, en ancienne porcelaine tendre de Sèvres, décorés,
sur fond jaune, de fleurs, d'oiseaux et d'arabesques. Année 1786, décor par Levé père.

114. — *Deux tasses* à fond arrondi et soucoupes, en ancienne porcelaine tendre de Sèvres, décorées
de bouquets de roses et d'enroulements de
feuilles de laurier sur fond bleu à œils de
perdrix. Année 1755, décor par Dutanda.

115. — *Tasse droite* et sa soucoupe, en ancienne porcelaine tendre de Sèvres, décorée au centre d'un
petit médaillon : Sujet galant dans un paysage,
et d'un large ornement courant vert et rose.
Année 1778, décor de Bouchet.

116. — *Tasse droite* et sa soucoupe, en ancienne porcelaine tendre de Sèvres, décorée au centre d'un médaillon en réserve sur fond rose à œils de perdrix : Amour jouant de la viole et attributs de l'Amour. Année 1760, décor de Noël.

117. — *Grande tasse droite* et sa soucoupe en ancienne porcelaine tendre de Sèvres, décorée de bouquets de fleurs, bordure à filets bleus et dentelée d'or. Année 1779. Décor de Michel et Pline.

118. — *Petite tasse droite* et sa soucoupe, en ancienne porcelaine tendre de Sèvres, décorée d'une frise en bordure bleu et or, dentelée or.

119. — *Petite tasse* à fond arrondi et sa soucoupe, en ancienne porcelaine tendre de Sèvres, décorée de bouquets de fleurs et bordure dentelée d'or. Année 1758, décor de Chulot.

120. — *Tasse à fond arrondi* et sa soucoupe, en ancienne porcelaine tendre de Sèvres, à décor dit feuilles de choux avec bouquet de roses. Année 1762.

121. — *Tasse droite* et sa soucoupe, en ancienne porcelaine tendre de Sèvres, décorée de guirlandes de roses alternant avec un ruban bleu. Année 1786, décor de Le Bel.

122. — *Tasse droite* et sa soucoupe en ancienne porcelaine tendre de Sèvres, décorée, dans le haut, d'une frise d'arabesques et de fleurs ; dans le bas, de compartiments de fleurettes et enrou-

lements de feuillage. Année 1792, décor de
La France.

123. — *Tasse droite* et sa soucoupe, en ancienne porcelaine tendre de Sèvres, décorée au centre d'un
médaillon représentant un paysage avec mo-
nument en ruines avec figures et cours d'eau,
bordures d'ornements courants d'or et de
bleuets. Année 1784, décor de Bouchet.

124. — *Tasse droite* et sa soucoupe, en ancienne porcelaine tendre de Sèvres, décorée d'une course
de fleurs se détachant sur un fond sablé d'or
et de guirlandes de lauriers. Année 1766.

125. — *Tasse droite* et sa soucoupe en ancienne porcelaine tendre de Sèvres, décorée de semis de
fleurettes au naturel et de fleurettes d'or.

126. — *Sucrier* à plateau avec couvercle, en ancienne
porcelaine tendre de Mennecy, décoré d'une
bordure en or, portant la marque D V en
creux dans la pâte.

127. — *Sucrier* à plateau avec couvercle, en ancienne
porcelaine tendre de Mennecy, décoré de
bouquets de fleurs. Marque D V en creux dans
la pâte.

128. — *Cinq pots à crème* et leurs couvercles, en ancienne porcelaine tendre de Mennecy, décorés
de bouquets de fleurs. Marque D V en creux
dans la pâte.

129. — *Pot à crème* et son couvercle, en ancienne porcelaine tendre de Mennecy, décoré de bouquets de fleurs, sur fonds trié dans la pâte.

130. — *Deux pots à pommade* avec leurs couvercles en ancienne porcelaine tendre de Mennecy, à décor de fleurs bleues. Marque D V.

131. — *Tasse droite* et soucoupe, en porcelaine tendre de Saint-Cloud (?), à bordure fond bleu de roi rehaussée de dorures et décorée d'oiseaux aux riches plumages.

132. — *Pot à pommade* avec couvercle, en ancienne porcelaine tendre de Saint-Cloud, à décor d'ornements bleus.

133. — *Salière* en ancienne porcelaine tendre de Sèvres, décorée de bouquets avec bordure à filets bleu et dorure.

134. — *Assiette* creuse en ancienne porcelaine tendre de Sèvres, avec ornements en creux dans la pâte, décorée de bouquets de fleurs, bordure à filets bleu et or.

135. — *Vase* monté en bronze formé par un sucrier en porcelaine tendre décoré de bouquets de fleurs en réserve sur fond bleu turquoise.

136. — *Tasse droite* et sa soucoupe, en porcelaine de Sèvres, du temps de la République, décorée du bonnet phrygien et d'emblèmes républicains. Décors de Bouillat.

137. — *Trois tasses* variées de forme et leurs soucoupes, en porcelaine tendre (marquées du monogramme de Sèvres), décorées de fleurs en réserve sur fond bleu turquoise.

120

138. — *Deux socles* en ancien biscuit tendre de Mennecy, décorés aux angles de feuilles d'acanthe. Marque D V en creux dans la pâte.

139. — *Deux socles* en ancienne porcelaine tendre de Mennecy, décorés en couleur de quadrillages avec fleurs en réserve.

140. — *Sucrier* à plateau avec couvercle, en ancienne porcelaine tendre de Mennecy, décoré de bouquets de fleurs au naturel.

141. — *Deux assiettes* en ancienne porcelaine tendre décorées au centre d'un bouquet, bordure or dentelée.

142. — *Sucrier* à plateau avec couvercle, en ancienne porcelaine tendre de Chantilly, décoré de bouquets de fleurs au naturel.

143. — *Tasse et soucoupe* en ancienne porcelaine tendre de Chantilly, décorées de branches de fleurs.

144. — *Assiette,* ancienne porcelaine tendre de Chantilly, décor à fleurettes et bouquet.

145. — *Tasse droite* et soucoupe en ancienne porcelaine de Paris (comte d'Artois), décorée sur la tasse d'un médaillon avec une montgolfière planant sur un paysage, et sur la soucoupe, d'un ballon emportant des personnages.

146. — *Petit pot à lait* avec anse et couvercle, en ancienne porcelaien tendre de Tournay, décoré de fleurettes bleues.

147. — *Trois pots à pommade* avec couvercles, en ancienne porcelaine tendre de Tournay, décorés de fleurettes bleues.

148. — *Cinq assiettes* en ancienne porcelaine tendre de Tournay, décorées de bouquets et de semis de fleurs au naturel.

149. — *Deux pots à couvercle* sur plateau, en ancienne porcelaine de Clignancourt, dite de Monsieur, à décor de bouquets de fleurs.

150. — *Service* composé de : cafetière, sucrier, trois tasses, quatre soucoupes, en ancienne porcelaine, dite de la rue Popincourt, avec lambrequins de draperies bleues rayées d'or.

151. — *Deux saladiers* en porcelaine de la Courtille, décorés de fleurettes et de bouquets de fleurs.

152. — *Deux tasses* diverses et leurs soucoupes, en porcelaine, décorées, l'une de paysages, l'autre de guirlandes de fleurs sur fond rouge. Époque de l'Empire.

153. — *Sucrier à anses* avec plateau et couvercle, en porcelaine de la Courtille (?), décoré de personnages ailés se terminant par des enroulements en réserve sur fond rouge. Époque de l'Empire.

154. — *Verre à boire* en porcelaine, décoré d'un écusson avec monogramme et d'ornements avec lyre se détachant sur fond rouge. Année 1819, décor de Farcy.

155. — *Tasse droite* et soucoupe, en porcelaine, décorée
d'un sujet pastoral dans le genre de Demarne,
en réserve sur fond or. Époque de l'Empire.

156. — *Deux tasses* diverses avec leurs soucoupes, en
porcelaine, décorées d'Amours et de sujets de
chasse dans le genre de Swébach, en réserve
sur fond or. Époque de l'Empire.

157. — *Deux médaillons* en biscuit : Louis XVI et
J.-J. Rousseau. *Coupe* en jaspe sanguin. *Couvercle* en porcelaine de Wedgwood.

158. — *Petit sucrier* à couvercle avec plateau, en
ancienne porcelaine de Saxe, décoré de médaillons d'Amours en grisaille sur fond rose,
encadrés de dorures.

159. — *Tasse et soucoupe* en ancienne porcelaine de
Saxe, décorées de fleurs en camaïeu violet.

160. — *Cinquante fleurs diverses en ancienne porcelaine de Saxe de différentes grandeurs.*

(Sera divisé.)

161. — *Trois petits socles en porcelaine* de Berlin,
décorés de bouquets de fleurs, *un autre socle*
de forme cylindrique avec draperie rose et
fleurs.

162. — *Cafetière* avec son couvercle, en ancienne porcelaine de Ludwigsbourg, décorée d'un
paysage avec cours d'eau et personnages.
Monture en vermeil.

163. — *Paire de vases* en porcelaine, avec anses figurées par des cols de cygnes; la panse est décorée de marines. Époque de la Restauration.

164. — *Paire de vases* en porcelaine, décorés d'ornements en or sur fond bleu. Époque de la Restauration.

165. — *Onze assiettes* porcelaine du Japon, décorées de fleurs au naturel.

166. — *Plat rond* en porcelaine de Chine (de la Compagnie des Indes), gaufré dans la pâte et décoré de bouquets de fleurs.

167. — *Pipe* formée par un chien assis, en ancienne porcelaine. Allemagne.

168. — *Statuette d'Amour* en ancien verre de Venise.

FAÏENCES

ROUEN, MARSEILLE, DELFT, RHODES, ETC.

169. — *Jardinière* à compartiments de forme oblongue, en ancienne faïence de Sceaux, décorée de bouquets de fleurs, avec anses à têtes de dauphin.

170. — *Théière* en ancienne faïence de Rouen à décor polychrome d'oiseaux et de fleurs.

171. — *Assiette* ronde à bords contournés en ancienne faïence de Rouen, avec fleurs au centre; le marly est décoré de fleurs sur ornements treillagés vert. Décor polychrome.

172. — *Assiette* en ancienne faïence de Rouen, de
même décor que la précédente, mais plus
petite.

173. — *Bol* à huit pans, en ancienne faïence de Rouen,
avec panier fleuri au centre. Décor bleu et
rouge.

174. — *Deux bannettes* oblongues à pans coupés, en
vieille faïence de Rouen, décorées d'ornementation en bleu.

175. — *Vase à anse*, dit Casque, en ancienne faïence
de Rouen, avec mascaron sur le col et décoré
d'ornementation en bleu.

176. — *Bannette* à anses en ancienne faïence de Rouen,
décorée au centre d'une corbeille de fleurs
avec ornements. Décor bleu et rouge.

177. — *Plat* rond en ancienne faïence de Rouen, décoré
de guirlandes de fleurs et d'arabesques sur le
marly; au centre un panier fleuri. Décor
polychrome.

178. — *Pot à cidre* en ancienne faïence de Rouen à
décor polychrome de lambrequins et guirlandes de fleurs.

179. — *Deux assiettes* en ancienne faïence de Rouen,
décor polychrome à la corne, oiseau et
papillon.

180. — *Assiette* en ancienne faïence de Rouen, à bords
contournés; décor polychrome de fleurs.

181. — *Deux assiettes* en ancienne faïence de Rouen, à six pans et à bords contournés, décor polychrome à fleurs.

182. — *Plat* huit pans, en ancienne faïence de Rouen, à décor bleu.

183. — *Grand plat* ovale à contour, en ancienne faïence de Rouen, à décor bleu.

184. — *Plat ovale* en faïence de Quimper. Décor polychrome au Dragon.

185. — *Sucrier* avec plateau et couvercle, en ancienne faïence de Marseille, décorée de bouquets de fleurs.

186. — *Moutardier* et son couvercle, en ancienne faïence de Marseille, décoré de fleurs.

187. — *Plat rond* en ancienne faïence de Marseille, décor polychrome à fleurs.

188. — *Assiette* en ancienne faïence de Marseille à bords contournés, décorée de bouquets.

189. — *Trois plats* en ancienne faïence de Rhodes.

190. — *Quatre assiettes* en ancienne faïence de Milan, décorées de vases de fleurs, arbustes, oiseaux.

191. — *Assiette* en ancienne faïence à fond bleu, décorée de fleurs dessinées en jaune.

192. — *Saucière* et son plateau, en ancienne faïence de Milan, à décor polychrome de fleurs.

193. — *Boîte* ovale avec couvercle, en ancienne faïence de Delft. décor bleu sur blanc.

194. — *Cinq assiettes* diverses, ancienne faïence de Delft, polychrome.

195. — *Paysage* en faïence de Delft, du temps de l'Empire, composé de plaques rassemblées et représentant une maison au bord d'un chemin. Décor polychrome.

196. — *Gourde* en faïence, décorée en bleu d'un sujet à deux personnages : le Retour du matelot.

197. — *Trois plats* faïence italienne, décorés de sujets bibliques ou mythologiques.

198. — *Un saladier* et *douze assiettes,* en ancienne faïence, à sujets patriotiques divers : la Prise de la Bastille, les Trois Ordres, Ballon, Aigles impériales et autres.

(Sera divisé.)

199. — *Six assiettes* ancienne faïence populaire : le Renard et le Corbeau.

200. — *Douze assiettes* en terre de pipe, marquées en creux, de Chantilly.

201. — *Douze assiettes* et *un crachoir*, ancienne faïence populaire de diverses fabriques : Chinois, coqs grotesques, etc.

202. — Six assiettes en faïence, diverses.

203. — Sous ce numéro, les faïences omises au catalogue

CARTELS ET PENDULES

204. — *Très joli Cartel* du temps de Louis XV, en bronze ciselé et doré, composé de rocailles et de fleurs. Le cadran porte le nom de Saint-Martin, à Paris.

205. — *Cartel* du temps de Louis XVI, en bronze ciselé et doré, orné de rubans, guirlandes de laurier, et culot à grappes, et surmonté d'un vase avec flamme. Le cadran est signé Baillon, à Paris.

206. — *Cartel* du temps de Louis XVI, en bronze ciselé et doré, surmonté d'un vase orné de têtes de béliers et accosté de guirlandes de laurier. Mouvement de Simons, à Paris.

207. — *Cartel* à tirage, de forme ronde, en bronze doré, de style Louis XVI, orné de branches de lierre et de laurier.

208. — *Pendule* du temps de Louis XVI, en bronze ciselé et doré. Le sujet, représentant l'Architecture, est composé de deux personnages allégoriques et d'emblèmes. Cadran signé : Merra, à Paris.

209. — *Pendule* en bronze patiné et doré, du temps de la Restauration. La base, en forme de haut piédestal de forme cylindrique, sur le fond patiné de laquelle se détachent en dorure des Amours et des guirlandes de fleurs au-dessus d'une tête de jeune bacchante, est surmonté d'un double cadran tournant entre deux frises

dont l'une est ornée de fleurs de lys, reliées
entre elles par des cariatides de femmes. La
langue dardée d'un dragon désigne les heures ;
une coupe à couvercle, en bronze doré, surmonte le tout.

210. — *Pendule* en forme de portique en marbre blanc,
soutenu par des pilastres cannelés en bronze
ciselé et doré. La base est ornée d'un bas-
relief d'Amours et le haut est surmonté de
deux chevaux ailés en bronze doré. Fin du
XVIIIe siècle.

211. — *Pendule* à colonnes en marbre blanc, avec ornements en bronze doré. Un vase de fleurs avec
rinceaux surmonte le mouvement, de chaque
côté se dresse une lyre. Fin du XVIIIe siècle.

212. — *Pendule* en marbres noir et blanc et bronze doré.
De chaque côté du mouvement, un person-
nage est debout, sur la base un bas-relief : les
Vendanges. Époque Louis XVI.

213. — *Pendule* en forme de socle en marbre veiné de
jaune contenant le mouvement ; il est surmonté d'un sujet en bronze patiné à deux
personnages : le Chercheur d'épine. Mouvement signé de Berthoud, à Paris.

214. — *Pendule* en vernis Martin décoré de fleurs, forme
violon, ornée d'ornements rocailles en bronze.
et surmontée d'un Bacchus enfant. Époque
de Louis XV.

215. — *Petite pendule*, dite religieuse, en écaille rouge,
avec dessus en forme de dôme et ornements

en bronze doré. Mouvement signé Thuret, à
Paris. Époque de Louis **XIV**.

216. — *Pendule* à cage, en acajou orné de bronzes dorés.
frises à palmettes, feuilles d'eau et étoiles.
Époque du Directoire.

217. — *Pendule* applique en marqueterie d'écaille et
cuivre, ornée de bronze, avec son socle. Style
Louis **XIV**.

218. — *Pendule* en marqueterie d'écaille et cuivre,
forme religieuse, avec cadran doré et heures
en émail. Style Louis **XIII**.

219. — *Pendule* en acajou, de forme cintrée, avec colonne
à bagues en bronze doré. Époque de la Restauration.

BRONZES

220. — *Paire de lumières* doubles en bronze doré,
pour bras d'applique. Époque de Louis **XV**.

221. — *Paire de flambeaux,* du temps de Louis **XV**,
surmontés de girandoles à quatre lumières.

222. — *Quatre paires de flambeaux,* en bronze doré,
de différentes époques.

223. — *Paire de flambeaux* avec girandoles à deux
lumières, en bronze argenté, du temps de la
Restauration.

224. — *Paire de flambeaux* colonne en plaqué. Époque
du Directoire.

225. — *Paire de flambeaux :* Égyptiennes en bronze patiné supportant une lumière en bronze doré sur socles en marbre vert de mer, décorés de bas-reliefs en bronze doré.

226. — *Deux paires d'appliques* à deux lumières, bronze doré, de modèles différents. Style Louis XVI.

227. — Chenets en bronze, avec vases et griffons en bronze. Style Empire.

228. — *Lot important* de bronzes d'ameublement dont la plus grande partie est dorée au mercure, du temps de Louis XVI, Directoire et Empire. comprenant : appliques de meubles, frises, entrées de serrure, bas-reliefs, tabliers, lunettes de pendules, griffons, sphinx, etc. etc.

(Sera divisé.)

229. — *Lot important* de chutes, entrées de serrure, poignées de commode, etc., de différentes époques.

230. — *Lot de bronzes* dorés et autres : coins de coffres, serrures, gonds, robinets, statuettes, mufles de lion, etc., xviie siècle.

231. — *Lots d'objets* en fer : gril à pain, bougeoir, ornements repoussés, anneaux de meubles, bras de lumière, etc.

232. — *Six marteaux* de porte, en bronze, dont plusieurs avec personnages et animaux chimériques, xvie et xviie siècles.

233. — *Grand cadre* rectangulaire en bronze ciselé et doré, du temps de l'Empire, provenant d'un meuble et décoré de feuilles d'eau et de laurier.

234. — *Deux statuettes* en bronze ciselé et doré provenant de pendules : femme drapée à l'antique, Louis XVIII en pied.

235. — *Porte-montre* rocaille, en forme de cartel, bronze doré.

236. — *Porte-montre* en forme d'obélisque, surmonté du buste de Louis XVI. Bronze doré.

237. — *Bénitier* rocaille à têtes d'ange en bronze doré. Louis XV.

238. — *Paire de porte-montre* appliques en bronze doré avec feuillage et lyre. Époque de Louis XVI.

239. — *Statuette en bronze* patiné : Voltaire assis, sur socle marbre noir.

240. — *Deux bustes* en bronze patiné : Voltaire et Rousseau sur socles marbre blanc garnis de bronze.

241. — *Paire de coupes* en bronze patiné, sur socle marbre griotte. Époque de la Restauration.

242. — *Petit buste* en bronze doré de la reine Marie-Antoinette.

243. — *Lot important* de statuettes et groupes en bronze, montés sur marbre; encriers, pendules, etc., de différentes époques.

BIJOUX

244. — *Collier en or* orné sur le pourtour de cinq barrettes en roses et de cinq fleurettes avec pendentif composé d'une fleur en brillants surmontée d'un oiseau avec une guirlande de feuilles de chaque côté.

245. — *Bracelet or* avec 34 brillants et 68 roses.

246. — *Broche en or* formant médaillon en brillants avec coquille au centre.

247. — *Paire boutons d'oreille* brillant solitaire, montés en or.

248. — *Paire boutons d'oreille* rosaces formées par 46 brillants.

249. — *Paire boutons d'oreille* or et brillants.

250. — *Bague* brillant solitaire monture or.

251. — *Bague* chevalière or avec brillant.

252. — *Bague* or unie, chaton formé par un brillant entouré de huit autres.

253. — *Bague* or ajouré ornée d'un brillant.

254. — *Bague* marquise pavée de brillants, monture or ajouré.

255 — *Bague* marquise plus petite, pavée de brillants, monture or unie.

256. — *Bague* or, perle fine entourée de brillants.

257. — *Bague* or, brillant avec deux petits brillants de
chaque côté sur la monture.

258. — *Bague* or marquise, deux rubis et 9 brillants.

259. — *Bague* or avec un brillant sur chaton émail noir.

260. — *Bague* or avec opale entourée de roses et de dix-
huit brillants.

261. — *Bague* or, chaton fleur de lys en marcassites.

262. — *Broche* en roses montées sur argent.

263. — *Trois paires boutons d'oreilles* avec pendeloques en roses montées sur argent et deux
pendeloques analogues.

264. — *Bracelet* or mat uni.

265. — *Bracelet* or et émail noir.

266. — *Bracelet* gourmette or avec médaillon grenats
et un autre médaillon or avec chiffre en roses.

267. — *Bracelet* or orné de trois médaillons émaillés et
pierres.

268. — *Bracelet* oriental or ajouré avec pendeloques
turquoises et perles baroques.

269. — *Trois médaillons* en or, l'un en forme de
masque, l'autre en forme de cœur émaillé, le
troisième ovale avec pierre.

270. — *Broche* camée tête de jeune femme, monture or avec quatre demi-perles.

271. — *Broche* et paire de boutons d'oreilles or, grenat et demi-perles.

272. — *Broche* or et améthyste.

273. — *Paire boutons* de manchettes doubles en or émaillé, épingle de cravate or et camée.

274. — *Paire boutons d'oreilles* avec pendeloques or et topaze, paire boucles d'oreilles or et camée coquille, paire pendeloques en or (Italie), deux boutons marcassites et pierres rouges.

275. — *Collier corail* avec croix monture or, deux bracelets corail et or, un autre bracelet orné d'un cœur en corail et or.

276. — *Paire boutons d'oreilles* avec pendeloques en corail et or, paire boutons en corail entourage roses.

277. — *Montre or* Louis XVI avec peinture sur émail représentant une jeune femme, ornée de guirlandes de fleurs en or ciselé de différentes couleurs.

278. — *Montre* à remontoir en or (chiffrée), cinq montres diverses en or.

279. — *Trois chaînes* gilet (plus un fragment), clés et breloques.

280. — *Quatre clés* de montres, en or, du temps de la Restauration, monocle en doublé, face-à-main en argent doré.

281. — *Sept épingles* de cravate camée, médaille et autres, deux bagues, deux alliances et une paire boutons de manchettes, le tout en or.

282. — *Paire de ciseaux,* poinçon, étui et passe-lacet en or, du temps de la Restauration.

283. — *Trois bijoux maçonniques* en strass montés sur argent, un cadre à miniature, une clé de montre en argent.

On a joint à ce lot 3 cordons et un tablier de franc-maçon.

284. — *Huit motifs* en strass montés sur argent : croix, boucles, boutons, une paire boucles en or.

ARGENTERIE DE TABLE

285. — *Plat ovale* en argent uni, bordure à contours, portant le poinçon d'Odiot.

286. — *Deux plats* ronds, dont l'un est creux, analogues au précédent.

287. — *Plat* rond argent uni, bordure à contours avec armoiries gravées.

288. — *Porte-huilier* en argent du temps de l'Empire, avec cariatides de femmes.

289. — *Autre porte-huilier* en argent.

290. — *Poêlon* en argent.

291. — *Six petits gobelets,* 2 timbales en argent, gobelet en vermeil.

292. — *Cuiller à sucre* et cuiller à café en vermeil.

293. — *Service* à hors-d'œuvre, quatre pièces argent
avec manches ivoire.

294. — *Truelle* à poisson, même modèle.

295. — *Cuiller* et fourchette à hors-d'œuvre, argent
avec manches en cornaline.

296. — *Grande Cafetière* empire en argent.

297. — *Théière* en argent.

298. — *Onze couteaux* à dessert, lames argent et
manches nacre.

299. — *Deux ronds* à serviettes, 2 cuillers à moutarde,
2 pelles à sel, 1 pince à sucre, 2 bases de sa-
lières, le tout en argent.

300. — *Vingt-six couverts* de table de différents modèles, en argent.

301. — *Cuiller* à potage modèle à filets, en argent.

302. — *Vingt-six cuillers* à café de différents modèles,
en argent.

303. — *Douze couteaux* table à manches ébène, douze
couteaux table à manches ivoire, douze couteaux à dessert à manches ivoire.

304. — *Trois couteaux* à manches nacre et monture argent, xviiie siècle.

3o5. — *Couteau* à manche nacre et monture en or,
xviiie siècle.

3o6. — *Tasse* à vin en argent.

ÉVENTAILS

3o7. — *Éventail* du temps de Louis XV. La feuille représente le jeu de colin-maillard ; la monture
en ivoire est découpée à jour, sculptée de
fleurs et de têtes de dauphins en couleur.

3o8. — *Éventail* du temps de Louis XVI. La feuille
est ornée de trois médaillons à sujets pasto-
raux se détachant sur fonds roses ; la monture
en ivoire, à lames écartées, représente trois
médaillons sur fond d'ornements repercés et
dorés.

3o9. — *Éventail* du temps de Louis XVI avec feuille
en étoffe ornée de broderies et de paillettes,
ayant au centre un sujet peint à la gouache.
La monture, en ivoire sculpté et ajouré,
représente des sujets allégoriques et des
Amours.

31o. — *Éventail* du temps de Louis XVI avec feuille
en étoffe représentant un sujet galant dont
les personnages sont dessinés et brodés en
étoffe, les figures finement peintes sur ivoire.
La monture en ivoire, aux lames ajourées, est
ornée de vases et de trophées dorés et argentés.

311. — *Éventail* du temps de Louis XVI. La feuille, en
étoffe, est peinte à la gouache de sujets à personnages costumés. La monture, en ivoire
ajouré, est sculptée d'ornements et de personnages dorés et argentés.

312. — *Éventail* du temps de Louis XVI. La feuille,
en étoffe, est peinte à la gouache d'un sujet
central représentant deux personnages et un
enfant dans un parc. Monture en ivoire, à
lames écartées, ajourées et en partie dorées.

313. — *Dix autres éventails* de différentes époques
avec feuilles peintes et autres.

314. — *Deux petits éventails* du temps de l'Empire, en
corne ajourée.

OBJETS DIVERS

315. — *Bas-relief* rectangulaire en ivoire représentant
le roi Louis XVI montant à l'échafaud.

316. — *Bas-relief* de forme ronde en ivoire représentant Andromède et Persée.

317. — *Sifflet ivoire* formé par un buste de femme
sortant d'une gaine, autre sifflet formé par
un Amour.

318. — *Pelle à poudre,* en ivoire : Coquille surmontée
d'une Diane chasseresse.

319. — *Petit groupe* en ivoire : Berger offrant des fleurs
à une jeune villageoise (xviiiᵉ siècle).

320. — *Petite statuette ivoire*. Vénus de Médicis :
— Christ en croix. — Statuette de femme
(mutilée).

321. — *Bas-relief ovale* en ivoire : deux personnages
japonais sur fond repercé. — Étui cylindrique chinois en ivoire sculpté et ajouré. —
Plaque de portefeuille avec le portrait en bas-
relief de Washington.

322. — *Neuf plaques émaillées* avec inscription pour
désigner les vins, avec décors de fleurs et
autres.

325. — *Flacon* à couvercle en cristal gravé, xviie siècle.

326. — *Verre à boire* avec ornementation dorée représentant un paysage, xviiie siècle.

327. — *Verre* en forme de coupe gravé de médaillons
d'oiseaux et de lambrequins, xviie siècle.

328. — *Grand verre* gravé avec les emblèmes de com-
pagnon charpentier. Empire.

329. — *Sucrier à couvercle* en forme de sphère et son
plateau en cristal taillé à facettes. Le couvercle
est surmonté d'une rose en bronze doré.
Empire.

330. — *Vase* courbe en cristal issant d'un cheval en
bronze doré se terminant par un culot de
feuilles d'acanthe, recevant le vase. Époque
de la Restauration.

331. — *Lot de petits socles* pour bustes et statuettes,
en marbre, ivoire, lapis, prime d'améthyste, etc.

332. — *Lot de socles* plus grands, en marbre griotte, vert de mer, bois, etc.

333. — *Galerie* de forme contournée, en fer forgé, avec enroulements et chiffre au centre. Époque Louis XV.

334. — *Six bourses* de quête en velours avec broderies, armoiries et autres, xviie siècle.

335. — *Portefeuille* en maroquin rouge et dorure de fleurs de lys. Époque de Louis XVI.

336. — *Petite robe* de poupée en brocart, avec garniture de broderie de métal argenté (xviie siècle).

337. — *Portrait* de J.-J. de Boissieu, peintre, tissé sur soie avec entourage de fleurs formant médaillon.

338. — *Morceau d'étoffe* de soie à ornements damassés en blanc sur fond vert. Époque de l'Empire.

339. — *Lot de médailles* commémoratives, jetons, monnaies argent et cuivre de toutes époques.

(Sera divisé.)

340. — *Sept plaques* de gardes des forêts de l'État et autres de domaines divers.

341. — *Cafetière, vase à couvercle* et *bénitier* en étain.

342. — *Bas-relief* en plomb, par Lorthior, représentant le Comte d'Artois (Ch.-Ph. de France) à cheval en costume de Colonel général des Suisses et Grisons.

343. — *Huit pinces en fer*, xviie siècle.

344. — *Sept couteaux* et canifs du temps de la Restauration, dont quatre en nacre, un en écaille aux armes du comte de Chambord, un autre relatif à l'avènement de Louis XVIII.

345. — *Gaine* de poignard en fer gravé, xviie siècle.

346. — *Nécessaire* en cuivre doré avec ornements rocaille, garni de ses instruments (xviiie siècle), et deux autres nécessaires vides.

347. — *Grand peigne* du temps de l'Empire, en métal doré avec rangs de perles, collier oriental en corail et deux bourses à coulants brodées d'acier.

348. — *Paire de ciseaux,* étui, poinçon et carnet de bal en nacre.

349. — *Treize poignées* en bronze doré pour cordons de tirage. Époque de la Restauration. (Deux sont attachées à leurs rubans.)

350. — *Lot de bijoux* modernes, demi-parures. croix, etc.

351. — *Soixante boutons de costume* en nacre gravée, trente boutons de métal, douze boutons d'acier.

352. — *Camées,* bas-reliefs en nacre, petites plaquettes en fonte. Dix pièces.

353. — *Deux paires de boucles* à souliers, l'une en acier, l'autre en bronze doré, deux boucles de ceinture et une agrafe de montre en bronze doré.

354. — *Fermoir d'escarcelle* en argent (xvii⁰ siècle), un autre en bronze doré du temps de la Restauration, et un étui en argent.

355. — *Robinet* en argent, formé par un dauphin, et clé en argent style Louis XVI.

356. — *Cinquante-quatre* cadrans de montres peints sur émail avec sujets divers : attributs, personnages, sujets patriotiques ou emblématiques, etc., xviii⁰ et xixᵉ siècles.

(Sera divisé.)

357. — *Treize montres*, argent et métal, à cadrans patriotiques et autres, xvii⁰, xviii⁰ et xix⁰ siècles.

(Sera divisé.)

358. — *Deux boîtiers* de montre en galuchat.

359. — *Montre Louis XVI* en cuivre gravé et doré avec émail à deux personnages.

36o. — *Vingt-cinq coqs* de montre en cuivre repercé, gravé et doré.

ARMES

361. — *Lot important d'armes* et d'équipement militaire, composé de : casques, cuirasses, gibernes, sabretaches, bonnets à poil, schakos,

schapskas, sabres d'enfant, glaives des Enfants
de Mars, lattes de cuirassiers, sabres de garde
du corps 1814, épées d'officier de bouche de
Napoléon Ier, de chevalier de Malte, de franc-
maçon, d'officier de la garde nationale de 1848,
sabres de hussards et de chasseurs, sabres de
la République, épées de cour du temps de
Louis XV et Louis XVI.

(Sera divisé.)

ÉPOPÉE IMPÉRIALE

362. — *Lot important des temps de l'Empire,* bustes
et statuettes de l'Empereur, boites, médailles,
aigles, etc., etc.

(Sera divisé.)

MEUBLES

363. — *Très beau meuble d'entre-deux, du temps de l'Empire, exécuté d'après les dessins de* CH. PERCIER.

Il est en bois de citronnier, reposant sur une base en acajou, fermant à deux portes qui dissimulent des tiroirs à l'intérieur. Il est décoré dans le haut d'une grecque et de masques antiques en bronze doré cachant un tiroir; les portes sont recouvertes d'une ornementation en forme de losange terminé par des palmettes et des enroulements, à l'intérieur duquel se détache, sur un fond d'acajou, une figure de Naïade couchée sur un hippogriffe en bronze doré. Les coins, également en bronze doré, sont décorés de têtes de lions sortant d'un culot de feuilles d'acanthe, se terminant par des pieds à griffes.

Haut. : 0ᵐ,92. Larg. : 1ᵐ,35.
Dessus de marbre griotte.

364. — *Bureau ministre* en acajou, de la fin de Louis XVI, avec moulures en cuivre et pieds cannelés.

365. — *Petit bureau* en acajou, de forme ovale, à tiroir et tablette d'entre-jambes, moulures en bronze doré. Époque de Louis XVI.

366. — *Grand meuble* à deux corps en acajou, du temps de Louis XVI, à portes pleines dans la partie inférieure, et à portes vitrées, formant bibliothèque dans le haut. Moulures de cuivre et perles en bronze doré.

367. — *Deux grandes bibliothèques* en acajou à doubles portes vitrées, époque de la Restauration. Elles sont ornées de filets de cuivre et décorées d'une ceinture d'ornements en cuivre gravé incrustés dans le bois.

368. — *Table* avec entre-jambes en acajou, du temps du Directoire, avec tiroir formant bureau. Elle est surmontée d'une étagère à colonnes cannelées avec glace dans le fond.

369. — *Bureau plat* à tiroirs en acajou, à moulures de cuivre. Époque du Directoire.

370. — *Console-desserte* en acajou à coins arrondis en retrait avec tiroir et tablettes d'entre-jambes, pieds cannelés et dessus en marbre blanc. Époque du Directoire.

371. — *Table à jeu* de forme carrée, du temps du Directoire, en acajou avec cannelures et moulures de cuivre.

372. — *Secrétaire* en bois de placage, du temps de Louis XVI, avec abattant formant bureau, et deux portes dans le bas. Dessus de marbre.

373. — *Bibliothèque* à deux portes vitrées dans le haut, en bois de placage, ornée de bronzes. Style Louis XVI.

374. — *Chiffonnier* à sept tiroirs en bois de rose, avec dessus de marbre, et orné de cuivre. Style Louis XVI.

375. — *Table à jeu,* de style Louis XVI, en acajou, à pieds cannelés et bronze. Forme carrée.

376. — *Table à jeu* de forme circulaire, se rabattant, en acajou, avec moulures en cuivre. Époque de l'Empire.

377. — *Commode* en acajou, du temps du Directoire, à quatre rangs de tiroirs, à coins cannelés. Marbre griotte.

378. — *Commode* en acajou du temps du Directoire, de forme haute, à quatre rangs de tiroirs, à moulures, cannelures, pieds et poignées en bronze doré. Marbre blanc.

379. — *Lit à colonnes* cannelées, en acajou. Directoire.

380. — *Vitrine debout,* de style Louis XVI, en acajou avec moulures, entrée, et sabots en cuivre. Marbre blanc.

381. — *Petit secrétaire* en acajou à tiroir, abattant et deux portes dans le bas, dessus de marbre blanc. Directoire.

382. — *Meuble* en acajou, formé par deux vitrines superposées et séparées par un tiroir; coins à
cannelures et moulures en cuivre.

383. — *Guéridon* en bois de placage. Dessus à pans
avec marqueterie formant une étoile. Époque
de la Restauration.

384. — *Écran* en acajou, à colonnes garnies de bronzes
dorés. Époque de la Restauration.

385. — *Vitrine* à hauteur d'appui, en acajou, avec côtés
cintrés et ouvrant à une porte, bronzes d'ornement dorés. Dessus de marbre blanc à
galerie. Style Louis XVI.

386. — *Commode* de forme contournée, à trois rangs
de tiroirs, en bois de placage; chutes, poignées, entrées et sabots en bronze. Époque
de Louis XVI.

387. — *Commode* demi-lune, du temps de Louis XVI,
à deux rangs de tiroirs, en bois de citronnier
et bois de violette.

388. — *Beau lit* en acajou richement sculpté avec
colonnes détachées et cannelées, bases, cha-
piteaux et asperges en bronze doré.

389. — *Petite table* formant jardinière, de style
Louis XV, en bois de placage et marqueterie
à damiers.

390. — *Table de nuit* avec tiroirs, style Louis XVI, en
bois de placage et marqueterie de fleurs.
Dessus de marbre blanc à galerie.

391. — *Petite table à jeu* de forme ronde, en acajou, à tiroirs et pieds cannelés, moulures en cuivre et galerie. Directoire.

392. — *Fauteuil* Louis XV, pieds à croisillon, peint en blanc et recouvert d'étoffe rouge.

393. — *Meuble* en tapisserie d'Aubusson moderne, composé de quatre chaises, deux fauteuils et canapé en bois doré de style Louis XV.

394. — *Meuble à deux corps,* en noyer sculpté, à portes pleines dans le bas et à étagère avec colonnes torses ayant au sommet un bas-relief de femme, xvii⁰ siècle.

395. — *Haut de meuble* en chêne, formant étagère dont les montants sont ornés de cariatides superposées. Le haut est décoré au centre d'un mufle de lion et de figures d'hommes et de divers animaux dans des enroulements, xvii⁰ siècle.

396. — *Meuble en noyer,* en forme de coffre, à trois portes séparées par des cariatides. Celle du centre offre un motif architectural avec mascaron, cariatides et enroulements, les autres sont ornées d'entrelacs, xvii⁰ siècle.

397. — Objets non catalogués.

PARIS. — TYP. PHILIPPE RENOUARD. — 43301.

www.ingramcontent.com/pod-product-compliance
Ingram Content Group UK Ltd.
Pitfield, Milton Keynes, MK11 3LW, UK
UKHW020404180726
13839UKWH00003B/1258